りんごひろいきょうそう

宮川ひろ 作　鈴木まもる 絵

小峰書店

もくじ

りんごひろい　きょうそう

あかい　ぼうし

「タッちゃん、おそうじが　おわるまで、サークルの　なかで　にっこうよくですよ」
ママは　そういって、タッちゃんに　あかい　ぼうしを　かぶせました。ママが　けいとで　あんでくれた、ちょっと　おおきめの

ぼうしです。
　サークルは　あさひが　いっぱい　さしこむ、リビングの　まどがわに、おいてありました。まどを　あけると　かきねの　むこうを　とおる、ひとも　くるまも　よく　みえました。
　だから　タッちゃんは、サークルへ　はいるのが　だいすきです。
　タッちゃんが　あかい　ぼうし

を　かぶって、サークルに　はいっているころ、きまって、とおる
ひとが　いました。あかい　オートバイに　のった、ゆうびんやさ
んです。　タッちゃんの　いえの　ポストにも、てがみを　いれて
いってくれました。
　ポストの　なかに、ポトンと　てがみの　おちる　おとがすると、
タッちゃんは
「ワウ　ワウ」
と、おおきな　こえを　あげました。もうじき　一《いっ》さいの　おたん
じょうびを　むかえる　タッちゃんです。
「ママ　ゆうびんですよ」

と、しらせている、つもりなのかも
しれません。
ゆうびんやさんも　にっこりして、
タッちゃんに、てを　ふってくれま
した。

「さあ　タッちゃん、おつかいに　いきましょうね」

ゆうがたになると、ママはまた　タッちゃんに　あかい　ぼうしを　かぶせました。

ベビーカーに　のって、おおどおりの　むこうの　マーケットまで、かいものに　いくのです。

タッちゃんは、ベビーカーに　のって、まちへ　でかけるのが　だいすきです。

それだから、ママが　あかい　ぼうしを　みせただけで、もう　てや　あしを　ぱたぱたさせて、よろこびました。

おおどおりの　しんごうが、あおに　なりました。それを　まっ

ていた　ママは、ベビーカーの　ハンドルを　しっかりと　にぎって、あるきだしました。タッちゃんの　あかい　ぼうしが　ぬげそうに　なったのにも　きづかないで、はしるように　あるきました。
もうすこしで　むこうがわへ、わたってしまう　というときです。
よこの　どうろから　まがってきた　トラックが　ありました。
ママは　ひだりの　てを　たかく　あげて、かたてだけで　ベビーカーを　むこうの　ほどうへ　あげました。
そのとき、タッちゃんの　あかい　ぼうしが、かぜに　とばされてしまったのです。
ベビーカーの　なかの　タッちゃんが「ワウ　ワウ」といって、

ママに　しらせました。でも、トラックを　よけるのに　いっしょうけんめいだった　ママには、タッちゃんの　こえが　きこえませんでした。

あかい　ぼうしは、くるくると　まわって、おおどおりの　はしのほうに　とまりました。

おうだんほどうの　しんごうが、あかになると、また　くるまは、いっせいに　はしりだしました。

おおどおりの　はしのほうを、じてんしゃに　のった　おじさんが、はしってきました。

おじさんは　じてんしゃを　とめて、あかい　ぼうしを　ひろい
あげました。ほこりを　はらうと、ガードレールの　しろい
はしらに　かぶせて、いってしまいました。
そこへ、おそろいの　あおい　セーターを　きた、きょうだいの
ぼうやが、とおりかかりました。
「こんなところに、ぼうしが　かけてあるよ。もらっとこうっと」
おにいちゃんの　ぼうやが、じぶんの　あたまに　のせました。
「ちっちゃくって　だめだあ」
そういって、おとうとの　あたまに　のせてやりました。
「ぼくにだって　ちっちゃいよ、あかちゃんのじゃあないか」

おとうとの　ぼうやは、ぼうしのなかに　みぎの　てを　いれて、くるくると　まわしながら、ほそい　みちのほうへ　まがっていきました。

「この　ぼうし、だれかが　おとしたんだね。さがしに　くるかもしれないから、ここの　かきねにかけておこうよ」

と、しらない　いえの　かきねの

さくに　かけて、ふたりは　いってしまいました。

もう　うすぐらくなって　しまってから、かきねの　いえの　おばさんが、よそから　かえってきました。

「かわいい　ぼうしを、だれかが　おとしたんだね。ここでは　くらくなると　みえないから、こっちへ　かけときましょう」

おばさんは、じぶんの　いえの、もんの　はしらに　かぶせました。ここなら　がいとうの　ひかりが　とどいて、みえると　おもったからでしょう。

でも、この　みちは、タッちゃんの　ママの　とおる　みちではありません。あくるひに　なっても、ぼうしは　もんの　はしらが

山下

かぶったままでした。

そこへ　あかい　オートバイに　のった、ゆうびんやさんがきました。

てがみを　ポストに　いれながら、もんの　はしらの　ぼうしにきがつきました。

「あれ、この　ぼうし、どっかで　みたことが　あったぞ」

ゆうびんやさんは、しばらく　かんがえました。

「あ、そうだ」

タッちゃんの　かおが　うかんだのです。

ゆうびんやさんは、てがみの　たばと　いっしょに、あかいぼう

しを　もちました。

このひは、タッちゃんの　いえへ　はいたつする　てがみは　ありません。
あかい　ぼうしを　ポストへ　いれました。
タッちゃんは、ちいさく　なってしまった　ふるい　ぼうしをかぶって、サークルの　なかに　いました。
ポストの　ふたが　かちゃっと　なると、タッちゃんは　ゆうびんやさんの　ほうを　むいて「ワウ　ワウ」と　げんきな　こえでいいました。

りんごひろい　きょうそう

まなみちゃんは、りんごほいくえんの　ばらぐみさん。ほいくえんは　たのしくて、はなしたいことが　いっぱいです。

きょうも　おむかえの　おかあさんと　てをつないで、はなしながら　いえにかえりました。

「うんどうかいにね、りんごひろいの　きょうそうがあるのよ」

「りんごって　ほんとのりんご？」

おかあさんが、びっくりしています。

「そのりんごはね、えんちょうせんせいの　いなかから、おくってくるんだって。おおきなりんごでね、まなみの　かおぐらいもあるって、たかだせんせいが　いってたよ」

たかだせんせいは　まなみたち　ばらぐみの　せんせいです。

「ひろったりんごはね、おべんとうの　あとで　たべちゃって　いいんだって」

「いいなあ」

「まなみねえ、いちばん　おおきいのを　ひろっちゃうからね。おかあさんと　はんぶんこして、たべようね」

「うれしいわ、おかあさん　りんご　だいすきだもの」

「だから、きっと　みに　きてね。きっとよ」

「はい　はい。げんまんね」

おかあさんの　ゆびと、まなみの　ちいさい　ゆびが、からみあいました。

いよいよ　その　うんどうかいの　ひです。
まなみには　うまれて　はじめての　うんどうかいです。

きょうは　にちようび、おかあさんも　しごとが　おやすみです。
おべんとうを　つくって　みにきてくれました。
ぶらんこの　はしらの　かげから、まなみの　ほうばかり　みています。
「つぎは、りんごひろい　きょうそうです」
アナウンスの　こえが、よく　はれた　あおい　そらに、きれいに　ひびきました。
うんどうじょうの　まんなかには、おおきな　シートが　ひろげられて　まっかな　りんごの　やまが　できています。
あまずっぱい　りんごのにおいが、いっぱいに　ひろがりました。

入場口

いちばん　さきに　はしるのは、ねんしょうの　ばらぐみ、まなみたちの　くみです。
十人《じゅうにん》ずつ　ひとくみになって　スタートラインに　ならびました。
スタートがかりは、せの　たかい　たかだせんせいです。まっしろな　トレーニングシャツに　トレーニングパンツ。まえのほうに　つばのある　ぼうし。やきゅうの　せんしゅのようなたかだせんせいです。
「よーい」
きりっとした　ごうれいが　かけられても、ばらぐみさんたちは、いっこうに　みがまえようとは　しません。

けんぶつせきの　おかあさんを、さがしている　め。ほいくしつの　たかいところに　すえられた、スピーカーの　ラッパに　きをとられている　こ。
そのなかで　まなみは、おおきな　めを　すえて、りんごの　やまを、しっかりと　にらんでいました。
シートの　はしのほうに、どのりんごよりも　おおきくて、あかい　きれいな　りんごを、みつけました。
「ピー」
ふえの　おとと　いっしょに、まなみは　はしりだしました。
ねらっていた　あかい　おおきな　りんごを、だれよりも　はや

りんご保育園
りんご保育園

く、ひろいあげました。そして、むこうに　たっている　あかいはたのところまで、もうひといき　というときです。
おおきな　りんごは、ちいさな　てから　ぽろんと　こぼれて、ころころと　ころげてしまいました。
おどろいて　おいかけていって、つかもうと　したときです。どうした　はずみか、あしが　すべって、しりもちを　ついてしまいました。
そのひょうしに、りんごを　けとばして　しまったのです。
おおきな　りんごは、けんぶつせきの　なかまでも　とびこんでいって　しまいました。まなみは　その　りんごを、おいかけています。
「まなみちゃん、どの　りんごだって　いいんだよー」
「べつの　りんごを　ひろって、はしるんだよー」
「はやくう、はやくう」
みんなの　おうえんのこえです。
それでも　まなみには　なにも　きこえてはいません。
おおきくて　あかい　りんごを、どうしても　ひろって、おかあさんに　あげたいと　おもいました。
いっしょに　はしった　ともだちは、もう　みんな、あかいはたの　むこうへ、ついてしまっているのに……。

スタートの　たかだせんせいは、ちらっと　うでどけいを　のぞいてみて、まなみちゃんには　かまわず
「つぎの　くみ　よーい」

と、ふえを　くちに　くわえました。

そのとき、テントの　なかの　えんちょうせんせいが、たちあがって　マイクのところへ　はしりました。

「つぎの　スタート、ちょっと、まってください。まなみちゃんがまだ、ゴールイン　していません。ころげた　りんごが、とてもきにいったようです。まなみちゃん　はやく　ひろって　はたのむこうまで、しっかり　はしりましょう。みなさん、おうえん　し

てください」

と、ちからの　こもった　こえです。

かいじょうから、どっと　はくしゅが　おこりました。

はらはらしていた　おかあさんは、えんちょうせんせいの　こえにつられて、まわりの　ひとを　かきわけて　でてきました。そして　あかい　はたのところに　たって　りょうてを　ひろげました。

まなみちゃんは、おおきな　あかい　りんごを、しっかりと　かかえて　はしってきました。まるい　ほおが、あかく　ほてっていました。おかあさんの　うでの　なかへ、ゴールインです。

まなみちゃんの　めには、　なみだが　いっぱい　たまって、ひか
っていました。

たからもの

一《いち》ねん一《いち》くみの　きょうしつです。

きのう、にゅうがくしきを　すませたばかりの、ほやほやの　一《いち》ねんせいです。

すこし、だぶついた、あたらしい　ようふくの　むねに、どのこ

も　まっしろい　ハンカチと、あかで　ふちどった　なふだを、きちんと　つけています。

まだ、けんかを　した　こは　いません。けんかを　するほど、なかよしに　なっていないからです。

せんせいも　うすちゃいろの　スーツを　きて、むねには　しろい　はなの　ブローチを　していました。

きょうしつの　なかは、あたらしい　においで　いっぱいに　なりました。

「きょうはね、めいし　こうかんかいを　しましょう」

せんせいは　にこにこと　ゆっくり　いいました。

「めいし　こうかんかいって　なあに？」

げんきのいい　けんいちが　おおきな　こえで　ききました。

「めいしって、おとうさんの　ポケットに　はいっている、あのめいし？」

こんどは　たかひろが　いいました。

「そうですよ。おとうさんが　も

っていらっしゃる、あの　めいしですよ」

せんせいは、そういいながら　こくばんの　まんなかへ　おおきなじで

めいし　こうかんかい

と、かきました。

「いまから　めいしにする　かみを、あげますからね」

せんせいの　つくえの　うえには、がようしを　たてはんぶんにきった、ほそながい　かみが、ふたつの　やまに　わけて、おいて

ありました。その　ひとやまの　かみを　もっと、
「この　かみの　まんなかへ、おおきく　じぶんの　なまえを、か
いてください」
そう　いって、そのかみを、みんなの　つくえの　うえに、一《いち》ま
いずつ　くばっていきました。
「せんせい、おおきい　めいしだね」
かずやが　うれしそうに　いいました。
「おおきくて　いいでしょう。おおきな　じを、かみ　いっぱいに
かいてね」
みんなは、あたらしい　えんぴついれの　なかから、あたらしい

えんぴつを　だすと、しっかりと　にぎりしめて、かきだしました。
せんせいは、かきおわるのを　しずかに　まっています。
「かけたようですね。それでは　まどがわの　ひとから、じゅんばんに　もってきてください」
一《いち》れつに　ならんで　でてきました。
せんとうは　やまだ　めぐみです。
すると　せんせいは、つくえの　うえに　おいて　あった、のこりの　はんぶんの　がようしを、りょうてで　ていねいに　もって、
「どうぞ　よろしく」
と、あたまを　さげて、せんとうの　めぐみに　わたしました。

その　かみには　「きむら　ゆみこ」と、せんせいの　なまえが、かいて　ありました。

「どうぞ　よろしく」

めぐみも　あたまを　さげて、「やまだ　めぐみ」と　かいた　おおきな　めいしを　わたしました。

二十八人《にじゅうはちにん》の　ともだちが、つぎつぎに　こうかんして　ゆきました。

「こうかんって、とりかえっこの　ことなのね」

せんせいから　いただいた　めいしを、だいじそうに　むねにかかえて、めぐみが　いいました。

きむら　せんせいは、二十八《にじゅうはち》まいの　おおきな　めいしを、ていねいに　そろえてから

「これはね　せんせいの　だいじな　たからものなの。せんせいははじめて　うけもった　こどもとは、いつでも　こうして　めいしこうかんを　してきてね。もう　おおきな　はこに、いっぱいに　なりました。みなさんのも、だいじに　しまって　おきますからね」

そう　いうと、めいしの　たばを　もちあげて、かるく　おしいただくように　しました。

けんいちも、たかひろも、めぐみも、おもいました。

（ぼくだって、たからものの　はこに　しまって　おこう）

（わたしだって　ひみつの　はこに　だいじに　いれておくもの）

どのこも　あたらしい　ほんの　あいだに　はさんで、あたらしい　ランドセルに　いれて、だいじに　もってかえりました。

二十八《にじゅうはっ》ぽんの　て

よしだ　はるかは、うけもちの　きむらせんせいが　だいすき。
やすみじかんに　なると、だれよりも　さきに　はしっていって、
せんせいの　うでに　りょうてで　ぶらさがります。
「はるかちゃん　ばっかり、ずるいよ」

ほかの　ともだちが　おこっても、しっかりと　つかまって　はなれようとはしません。
そこで　せんせいは、はるかちゃんに　いいました。
「せんせいの　ては、二《に》ほんしか　ないでしょう。それなのに　おともだちは　二十八《にじゅうはち》にんですよ。せんせいの　てが、二十八《にじゅうはち》ほんになるまで、じゅんばんにね」
はるかちゃんは、さびしそうな　かおをしました。それでも、ひとりじめして　ぶらさがることは　しなくなったのです。
それから　四《し》、五《ご》にち　すぎた、ずこうの　じかんでした。
じゆうに　すきな　えを　かくことに　なりました。

どのこも　ぶつぶつと　ひとりごとを　いいながら、たのしそうに　かきました。
かきあげた　ひとから、せんせいの　ところへ　みせにきました。
「はるかちゃんの　えは　なんの　えかな？」
せんせいが　くびを　かしげて　ききました。
がようしの　まんなかには、おんなのひとの　かおが　かいてありました。その　かおから　しほう　はっぽうへ、なんぼんもせんが　ひいてありました。せんの　さきの　ほうは、まるく　ぬってありました。
「あのね、せんせいの　てが　二十八《にじゅうはち》ほんになったの……」

はるかは　はにかみながら、いいました。
二十八《にじゅうはち》ほん、ちゃんと　かぞえて、せんを　ひくのは、たいへんだったのでしょう。けしごむで　けした　あとが、くろく　よごれていました。
せんせいは　だまって、はるかちゃんの　てを　しっかりと　にぎって　あげました。
そして　そのひからです。
せんせいは「さよなら」のとき、ドアのところにたって、ひとりひとりに、「さよなら」の　あくしゅを　してくれました。
はるかは　よくばって、りょうてを　だして、あくしゅを　しました。
どのこも　うれしそうに　かえって　いきました。
せんせいの　てには、みんなの　においが　のこりました。
おっぱいの　においに　にた　においでした。

おかあさんの　ホクロ

「いって　らっしゃーい」
マキは、ようちえんへ　いく　アヤを、げんかんまで　みおくりました。
きょうは、マキの　がっこうは　おやすみ。きのうは、にちようさんかんび。そして　きょうは　ふりかえ　きゅうじつです。なんだか　とても、とくを　しているような　きぶんです。
アヤの　おむかえは　二《に》じ。それまでは　おかあさんを　ひとりじめできます。
おかあさんは　そうじと　せんたくを　すませると、ダイニングの　いすに　すわって、ほっと　ひとやすみです。
マキは　そのうしろから　まわり　こんで、ひざの　うえに　のってみました。
「一《いち》ねんせいにも　なって」
と、しかられるかなと　おもったのに、ママは　だまって　だっこ

して　くれました。
「マキと　ふたりだけなんて、ひさしぶりね」
ママは　そんな　ことを　いって、マキの　かみのけを　さすってくれました。あんしんした　マキは、ママの　むねに　もたれて、あかちゃんの　ように　だっこされました。
めを　うえに　やると、ママの　あごの　したの、ホクロが　みえました。たっていては、あごに　かくれて、みえない　ホクロです。おっぱいを　もらいながら、ずっと　みてきた　ホクロでした。
それは、めや　くちのように、だれにでも　あるものと、ずっとおもいこんで　いた　ホクロでした。それが　マキには　ないこと

が　わかったのは、ようちえんの　ころです。
ショック　でした。かなしく　なりました。そんなことを　おもいだしながら　ひさしぶりの　だっこを　たのしんで　いました。
「さ、きょうは　ガラスも　きれいに　するのよ。マキも　てつだってね」
ママは　きゅうに　たちあがりました。
ママは　ベランダに　でて　そとから、マキは　うちがわからみがきます。せのび　しながら　ふいている、ママの　ホクロが、まだ　ちいさい　マキから、ガラス　ごしにも　よく　みえました。
ごごは、ともだちの　まいちゃんの　ところで、ゆうがたまであそんできました。

「ごはんの　まえに　おふろを　すませなさい」

だいどころから、いそがしそうな　ママの　こえです。

マキと　アヤは、このごろ　ふたり　だけで、おふろに　はいれる　ように　なりました。ならんで　ゆぶねに　つかると、よく　おしゃべりをします。

「おねえちゃん　ちょっと　みせて」

アヤは　マキの　あごの　したあたりを、のぞきこんでいます。

「おねえちゃんにも　ないんだ。よかった。ママの　ここの　ホク

ロ、だれにでも　あるんだって　おもって　いたのに、かがみを
みたら　アヤには　ないんだもの、びっくりした、かなしかった」
アヤが　そんな　ことを　いいました。
「フ　フフ、アヤちゃんも　おもったの、わたしも　きがついたと
き、かなしかったのよ。いっしょね、きょうだい　なんだね」
「おねえちゃんも　おもったの、よかった　フ　フフ」
ふたりは、おふろの　なかで、ても　あしも　ぐーんと　のばし
て　なかよしに　なっていました。

作者
宮川ひろ＝みやかわ ひろ

群馬県に生まれる。四〇歳を過ぎてから新日本童話教室を受講。「びわの実学校」へ数多く投稿、三四号に掲載された『るすばん先生』がポプラ社から刊行される。主な作品に『桂子は風のなかで』（岩崎書店）第三〇回日本児童文学者協会賞、『夜のかげぼうし』（講談社）第八回赤い鳥文学賞、『つばき地ぞう』（国土社）第三回新美南吉児童文学賞、『きょうはいい日だね』（PHP研究所）第一六回ひろすけ童話賞、『さくら子のたんじょう日』こみねゆら・絵（童心社）第一〇回日本絵本賞を受賞。他に『先生のつうしんぼ』（偕成社）、『びゅんびゅんごまがまわったら』（童心社）、『ブーのみるゆめ』（ひかりのくに）など多数。

画家
鈴木まもる＝すずき まもる

一九五二年、東京に生まれる。東京芸術大学中退。「黒ねこサンゴロウ」シリーズ（偕成社）第九回赤い鳥さし絵賞、『ぼくの鳥の巣絵日記』（偕成社）第三七回講談社出版文化賞絵本賞受賞。おもな絵本に『ざっくん！ショベルカー』（偕成社）、『せんろはつづく』（金の星社）、『みんなあかちゃんだった』『かおるとみんな』全二巻、『どうぶつのあかちゃんうまれた』、ノンフィクション・エッセイに『バサラ山スケッチ通信』全三巻（小峰書店）等がある。また、鳥の巣研究家として、『鳥の巣ものがたり』（偕成社）、『世界の鳥の巣の本』（岩崎書店）、『鳥の巣みつけた』（あすなろ書房）などの著書があり、全国で鳥の巣展覧会を開催している。

おはなしだいすき
りんごひろいきょうそう

２００９年11月13日　第１刷発行　　NDC913 63p 22cm

作者＝宮川ひろ
画家＝鈴木まもる
発行者＝小峰紀雄

発行所＝(株)小峰書店
〒162-0066
東京都新宿区市谷台町4-15
TEL：03-3357-3521
FAX：03-3357-1027

装幀＝細川 佳
組版＝(株)タイプアンドたいぽ
印刷＝(株)精興社
製本＝小高製本工業(株)

ISBN978-4-338-19219-4
http://www.komineshoten.co.jp/